RoMOREAU



# TROMPETTE au TYROL

Editions du Hennin / Albin Michel

*Collections dirigées par Nathalie Perrin*

*Imprimé en février 1983*
*par Fratelli Spada s. p. a.,*
*Ciampino - Roma (Italie)*

*Dépôt légal : mars 1983*
*Numéro d'édition : 7824*

*ISBN / 2 - 226 - 01697 - X*

TROMPETTE au TYROL
T3
SURVOLANT UN PAYSAGE MONTAGNEUX UN PETIT AVION DE TRANSPORT EN DIFFICULTÉ CHERCHE DÉSESPÉRÉMENT À ATTERRIR...
ET POUR TROUVER UN COIN POUR SE POSER DANS UN PAYS COMME CELUI-LÀ, C'EST DU TRAVAIL !
IL Y A DES MOMENTS OÙ JE REGRETTE LE BATEAU, MOI.
LE LIT DE CE PETIT TORRENT...
J'AI VU.
SI NOUS VOULONS NOUS POSER AVANT QUE CELA N'EXPLOSE, NOUS N'AVONS PAS LE CHOIX... CRAMPONNEZ-VOUS !
DANS UN FRACAS DE TÔLES ARRACHÉES ET DE BOIS CASSÉ, L'APPAREIL S'ÉCRASE DANS LE LIT DU PETIT TORRENT.
BANG
CRAC
ROMOREAU
MES AÏEUX, QUELLE CHUTE !... MAIS NOUS N'AVONS RIEN, C'EST UNE CHANCE !
DANS QUEL PAYS SOMMES-NOUS TOMBÉS ?
SOUDAIN...
LOÏOÏOÏOÏOÏOÏOÏ
TROULALAÏTOU
?

CES CRIS ?!
QU'EST-CE QUE C'EST QUE CE HURLEMENT ?
RASSURE-TOI, TROMPETTE, C'EST UNE TYROLIENNE !
NOUS SERIONS DONC AU TYROL !
CARTE
UNE TYROLIENNE !... JE ME DEMANDE BIEN À QUOI PEUT RESSEMBLER CETTE BESTIOLE. J'ESPÈRE QUE CE N'EST PAS DANGEREUX.
ON VA ESSAYER DE FAIRE LE POINT.
QU'EST-CE QUE ÇA FAIT UNE TYROLIENNE ?
ÇA CASSE LES OREILLES !
BEN, SI J'EN VOIS UNE JE NE RESTERAI PAS À CÔTÉ !
NOUS NE DEVONS PAS ÊTRE LOIN DU COL DE L'ARLBERG... ET PRÈS DE LANDECK... IL FAUT TROUVER DU SECOURS DANS UNE FERME.
NOUS AURIONS MIEUX FAIT DE PRENDRE LE BATEAU POUR ALLER EN GRÈCE.
GRIMPONS LÀ-HAUT... NOUS AURONS UNE MEILLEURE VUE DE LA RÉGION.
PLUS AGILE, TROMPETTE ARRIVE SUR LA CRÊTE AVANT SES AMIS.
MAIS UNE PIERRE ROULANT SOUS SES PATTES LE DÉSÉQUILIBRE. IL DÉBOULE SUR LA PENTE DE L'AUTRE VERSANT.
OH!
...EFFRAYANT DES VACHES QUI PAISSAIENT PAISIBLEMENT.
OOOOOOOH
R. MOREAU

?
OOOOOOO
UN MONSTRE... FUYONS !
IL EST TOMBÉ. CE N'EST TOUT DE MÊME PAS ÇA QUI A TANT EFFRAYÉ CES VACHES.
DESCENDONS VITE !
QUELLE DÉGRINGOLADE. OÙ DIABLE EST-IL TOMBÉ ?
REGARDE ! LE VOILÀ AU PIED DE CE SAPIN.
JUSTE UNE PETITE BOSSE... C'EST UN MIRACLE !
IL Y A UNE FERME UN PEU PLUS BAS. ALLONS-Y.
OHÉ ! IL Y A QUELQU'UN ?
OH !
YA ! QU'EST-CE QUE C'EST ?
JE M'EXCUSE DE VOUS ACCUEILLIR DE CETTE FAÇON... MAIS MA FILLE ET MES VACHES VIENNENT D'ÊTRE EFFRAYÉES PAR UNE ESPÈCE DE MONSTRE, ALORS...
UN MONSTRE ! C'EST PROBABLEMENT CE QUI A MIS TROMPETTE DANS CET ÉTAT !
ET CE N'EST PAS LA PREMIÈRE FOIS QUE CELA ARRIVE...
BEN VRAI !
C'EST SÛREMENT CETTE TYROLIENNE !
R. MOREAU

S'IL Y A UN MONSTRE, ON S'EN OCCUPERA!...
CECI DIT, QUE PUIS-JE FAIRE POUR VOUS?... VOUS SEMBLEZ ÉTRANGERS...
JE VAIS TOUT VOUS EXPLIQUER.
TANDIS QUE NOS AMIS S'EXPLIQUENT... TROMPETTE SYMPATHISE AVEC LA PETITE FILLE.
TU ES GENTIL, PETIT ÉLÉPHANT. COMMENT T'APPELLES-TU? MOI, JE SUIS IRIS.
ET MOI, JE SUIS TROMPETTE!
TROMPETTE, MONSIEUR KARL NOUS CONDUIT AU VILLAGE. VIENS!
TU VAS VOIR COMME MON VILLAGE EST JOLI.
JE VAIS VOUS PRÉSENTER OTTO KUIZEUR, NOTRE BOURGMESTRE. IL VA VOUS AIDER À SORTIR DE CE MAUVAIS PAS ET JE VAIS EN PROFITER POUR LUI PARLER DE CE MONSTRE.
PEU APRÈS...
ET VOILÀ MONSIEUR LE BOURGMESTRE!
JE SUIS ATTERRÉ, BOULEVERSÉ, RUINÉ, DÉSHONORÉ... ET EMBÊTÉ!
LE GRAND COMPOSITEUR DE MUSIQUE HEINZ TRÜMAN ARRIVE DEMAIN POUR COMPOSER SON GRAND OPÉRA. C'EST LA CATASTROPHE!
COMMENT CELA?
IL VIENT TRAVAILLER ICI PARCE QUE JE LUI AI VANTÉ LE CALME ET LA SÉRÉNITÉ DU PAYS... ET AVEC CE MONSTRE QUI RÔDE DANS LE COIN .....
...LUI QUI EST SI COLÉREUX!
ON NE PEUT PAS LES LAISSER DANS L'EMBARRAS. ILS SONT SI GENTILS... ET NOUS AVONS L'EXPÉRIENCE DES GRANDES CHASSES.
SI JE COMPRENDS BIEN LE VOYAGE EN GRÈCE...
R. MOREAU

PUISQUE NOUS SOMMES ICI...
TU AS RAISON !
NOUS AVONS L'EXPÉRIENCE DES GRANDES CHASSES. NOUS VOUS PROPOSONS NOTRE AIDE. LAISSEZ-NOUS FAIRE ET VOTRE COMPOSITEUR NE S'APERCEVRA DE RIEN.
VOUS ME SAUVEZ LA VIE !
BEN ALORS !
NOTRE AVION SE CASSE... ON TOMBE SUR UN MONSTRE ET NOS VACANCES EN GRÈCE SE TRANSFORMENT EN PARTIE DE CHASSE ! ELLE COMMENCE ENCORE BIEN CETTE HISTOIRE !...
...ET TOUT ÇA POUR UN COMPOSITEUR GRINCHEUX ET COLÉREUX !
OH, CHIC ! TU VAS RESTER AVEC MOI !
HEUREUSEMENT QU'ELLE EST LÀ, ELLE !
PUISQUE VOUS ÊTES D'ACCORD, RÉUNISSEZ LE PLUS DE MONDE POSSIBLE POUR UNE PREMIÈRE BATTUE !... DÉPART DANS UNE HEURE !
YAWOL !
UNE HEURE PLUS TARD, ALORS QUE LES CHASSEURS BATTENT LA CAMPAGNE, UNE PETITE VOITURE ARRIVE...
EH ! LES ENFANTS... QUE SIGNIFIE CE REMUE-MÉNAGE, QUE SE PASSE-T-IL ?
ON VA CHASSER LA GROSSE BÉBÊTE POUR LE BON PLAISIR D'UN MUSICIEN GRINCHEUX QUI DOIT ARRIVER DEMAIN !
QUOI ?
R. MOREAU

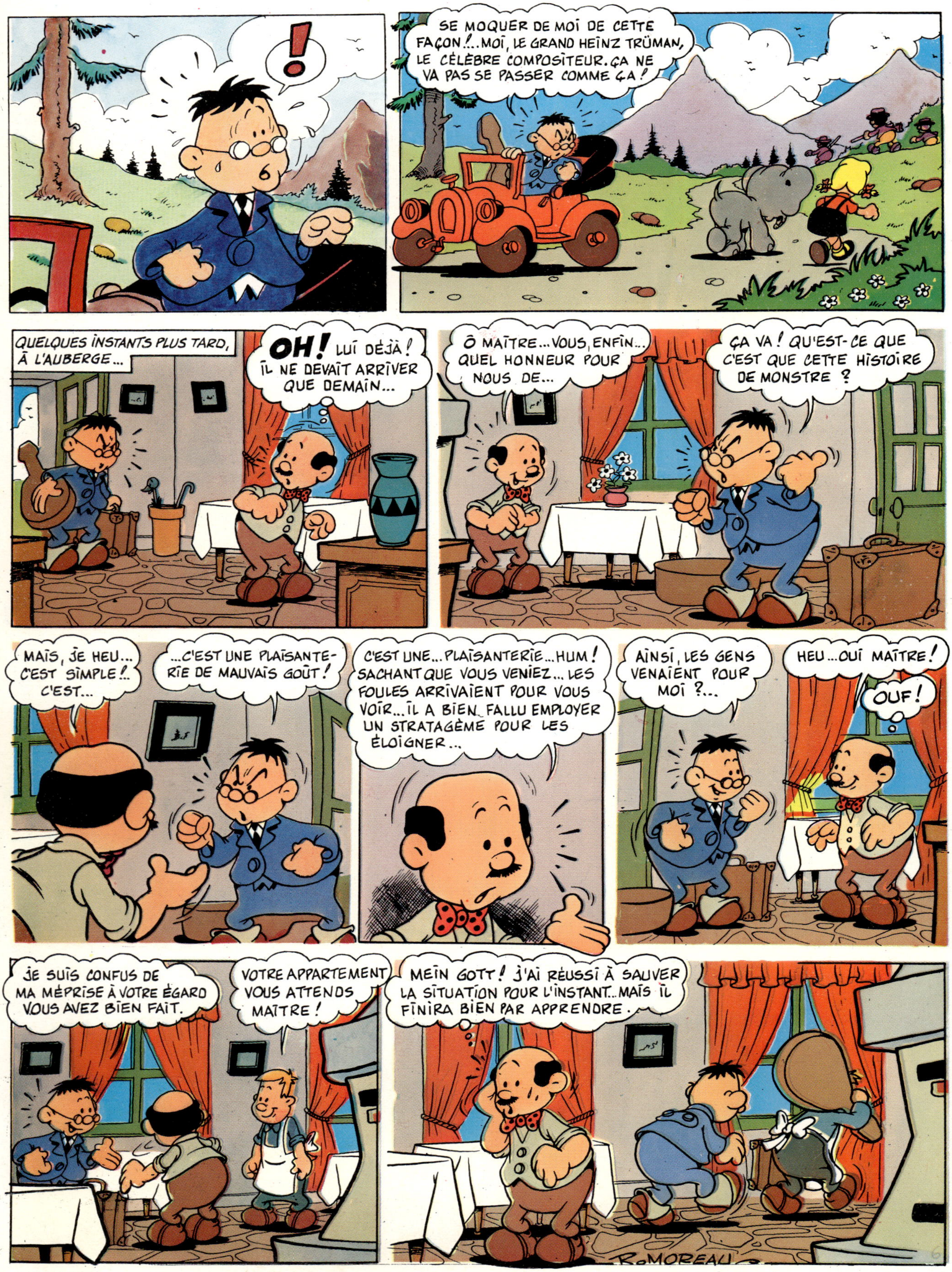
!
SE MOQUER DE MOI DE CETTE FAÇON !...MOI, LE GRAND HEINZ TRÜMAN, LE CÉLÈBRE COMPOSITEUR. ÇA NE VA PAS SE PASSER COMME ÇA !
QUELQUES INSTANTS PLUS TARD, À L'AUBERGE...
OH! LUI DÉJÀ ! IL NE DEVAIT ARRIVER QUE DEMAIN...
Ô MAÎTRE... VOUS, ENFIN... QUEL HONNEUR POUR NOUS DE...
ÇA VA ! QU'EST-CE QUE C'EST QUE CETTE HISTOIRE DE MONSTRE ?
MAIS, JE HEU... C'EST SIMPLE !.. C'EST...
...C'EST UNE PLAISANTERIE DE MAUVAIS GOÛT !
C'EST UNE... PLAISANTERIE... HUM ! SACHANT QUE VOUS VENIEZ... LES FOULES ARRIVAIENT POUR VOUS VOIR... IL A BIEN FALLU EMPLOYER UN STRATAGÈME POUR LES ÉLOIGNER...
AINSI, LES GENS VENAIENT POUR MOI ?...
HEU...OUI MAÎTRE !
OUF !
JE SUIS CONFUS DE MA MÉPRISE À VOTRE ÉGARD VOUS AVEZ BIEN FAIT.
VOTRE APPARTEMENT VOUS ATTENDS MAÎTRE !
MEIN GOTT ! J'AI RÉUSSI À SAUVER LA SITUATION POUR L'INSTANT... MAIS IL FINIRA BIEN PAR APPRENDRE.
R. MOREAU

LE SOIR...
TROULALA LALALA
QU'EST-CE QUE C'EST ?... LE... LE... LE MONSTRE ?
QUE SE PASSE-T-IL PATRON ?... QUEL EST CE VACARME ?...
LA LA LA
CHUT
C'EST LE MAÎTRE QUI COMPOSE !.. NE FAITES SURTOUT PAS DE BRUIT. IL AIME TRAVAILLER LA NUIT.
LA LA LA
ÇA, C'EST UN MONDE ! QUE POURRAIT-ON FAIRE POUR LE CALMER ?
LA LA
FAUT COMPRENDRE LES ARTISTES, TROMPETTE... ILS ONT UNE VIE BIEN À PART...
LA LA LA
ET C'EST POUR AVOIR LA JOIE D'ENTENDRE ÇA, QU'ON NE DOIT PAS PARLER DU MONSTRE... LE MÔSSIEUR AURAIT PEUR !!
TROU LA LA LA LA LA
... MAIS J'Y PENSE... SI CE MONSTRE SE MANIFESTAIT... "IL" PARTIRAIT... NOUS POURRIONS DORMIR TRANQUILLES...
LA LA LA
... ET EN TANT QUE "GRANDS CHASSEURS" NOUS RESTERONS PLUS LONGTEMPS ICI... EUX POUR CHASSER ET MOI POUR JOUER AVEC MA PETITE AMIE... COMMENT N'Y AI-JE PAS PENSÉ PLUS TÔT.
IR'S EST À L'ÉCOLE DEMAIN, J'AURAI LES MAINS LIBRES...
EINS... ZWEI... DREI... LA LA LA... ICH LIEBE DICH... BOUM BOUM..
HURLE TOUJOURS, MON BONHOMME DEMAIN CE SERA UNE AUTRE CHANSON !
TRA LA LA LA LA
TU VOIS, IL S'Y EST FAIT... IL DORT COMME UN ANGE, BRAVE PETIT !
TU PARLES !
R. MOREAU

JE VAIS LE GUÉRIR MOI, CE TAPAGE...!
LE LENDEMAIN MATIN, LES CHASSEURS REPARTENT À LA POURSUITE DU MONSTRE.
ALLONS, EN ROUTE, TROMPETTE!
JE VAIS M'ÉCLIPSER...
JE SUIS FATIGUÉ CE MATIN... JE PRÉFÈRE RESTER ICI.
EH BIEN, REPOSE-TOI TU SERAS EN FORME POUR CET APRÈS-MIDI...
ÇA Y EST, AU TRAVAIL!
J'AI RÉUSSI À SAVOIR OÙ ALLAIT SE PROMENER LE "MAÎTRE" CE MATIN... JE VAIS LUI FAIRE SA SURPRISE MOI...
UNE HEURE PLUS TARD...
GRRRR
À MOI! AU SECOURS!
OUF! NOUS POURRONS DORMIR EN PAIX CE SOIR!
IL S'AGIT MAINTENANT D'ÊTRE PRUDENT ET D'EFFACER LES TRACES QUE J'AI LAISSÉES.

HOULA!
OOOH!
TROMPETTE!
SAPRISTI! FAISONS VITE!
OUUH!
NOS AMIS SE RUENT VERS L'ENDROIT OÙ EST TROMPETTE EN TIRANT EN L'AIR POUR EFFRAYER LE MONSTRE.
PAN
PAN
OH!
OH!
PAUVRE PETIT!
TANDIS QUE L'ON PANSE NOTRE PETIT AMI, LES AUTRES CHASSEURS FOUILLENT VAINEMENT LES PARAGES.
RIEN DE RIEN MÊME PAS UNE TRACE... POURTANT ON L'A VU ICI!
CE MONSTRE EST ICI... JE SUIS D'AVIS DE METTRE DES PIÈGES PARTOUT, PARTOUT!
T'ES FOU! T'AS VU LE RÉSULTAT AVEC UN SEUL!
UNE HEURE PLUS TARD À L'AUBERGE...
IL A ÉTÉ MORDU PAR LE MONSTRE! C'EST CLAIR, ET ON VOUDRAIT ME FAIRE CROIRE QU'IL S'EST PRIS DANS UN PIÈGE... NON MAIS!..
JE QUITTE CE PAYS MAUDIT POUR DES CIEUX PLUS HOSPITALIERS... ADIEU!..
MAIS, C'EST LA RUINE POUR LA RÉGION, MAÎTRE. NE PARTEZ PAS!
J'AI PEUT-ÊTRE ÉTÉ UN PEU FORT... QUE FAIRE?
ROMOREAU

IL ME FAUT TROUVER QUELQUE CHOSE !
NOUS SOMMES DÉSHONORÉS. QUELLE HONTE POUR LE VILLAGE... ET MOI, JE SUIS RUINÉ !
IL EST MONTÉ POUR FAIRE SES BAGAGES... QUE FAIRE POUR L'EMPÊCHER DE PARTIR ?
J'AI TROUVÉ. CE QUI L'A FAIT PARTIR VA LE FAIRE RESTER... FAISONS VITE !
PEU APRÈS, HEINZ TRÜMAN QUITTE L'AUBERGE...
ADIEU ! ET JE NE SUIS PAS PRÈS DE REVENIR !
MAIS, OÙ EST PASSÉ TROMPETTE ?
MAIS UN PEU PLUS LOIN, AU DÉTOUR D'UN VIRAGE, LE MAESTRO SE TROUVE EN FACE DU "MONSTRE".
WOUAH!
MIAOOOO
LA TERREUR LUI FAIT PERDRE LE CONTRÔLE DE SA VOITURE...
BANG
OH!
...ET QUELQUES INSTANTS PLUS TARD...
À MOI !
AU SECOURS !
BEN QUOI, IL REVIENT DÉJÀ !
DÉCIDÉMENT, FAUT TOUJOURS QU'IL HURLE, CELUI-LÀ !
JE NE VEUX PLUS PARTIR. GARDEZ-MOI !!
QUE S'EST-IL PASSÉ ?
IL Y AURAIT DU TROMPETTE LÀ-DESSOUS...
R. MOREAU

J'AI CASSÉ MA BELLE AUTO !
LE MONSTRE M'ATTENDAIT SUR LA ROUTE !... JE L'AI VU... ALLEZ-Y AVEC VOS FUSILS !..
C'EST D'ACCORD. ON Y VA TOUT DE SUITE !
MAIS OÙ EST TROMPETTE ?
SANS ATTENDRE, LES CHASSEURS SE RENDENT À L'ENDROIT OÙ LE MONSTRE A ÉTÉ VU.
IL A DÛ AVOIR UNE SACRÉE FROUSSE !
TIENS, LE VOILÀ !
OÙ ÉTAIS-TU PASSÉ ?
HEU, JE ME PROMENAIS.
OUAIS... MAIS QUEL GENRE DE PROMENADE ?... NE TROUVES-TU PAS BIZARRES CES TRACES DE PATTES D'ÉLÉPHANT À L'ENDROIT DE L'APPARITION ?...
COMMENT... LUI ?...
BEN, JE VOULAIS FAIRE PLAISIR À CES GENS EN EMPÊCHANT CE MUSICIEN DE PARTIR.
EN ATTENDANT JOUONS LE JEU. FAISONS SEMBLANT DE CHERCHER.
MAIS J'Y PENSE... C'EST SANS DOUTE TOI AUSSI QUI AS JOUÉ AU MONSTRE POUR LE FAIRE PARTIR...
HEU... JE... JE VOULAIS BIEN DORMIR... MAIS PUISQUE JE L'AI FAIT REVENIR, NOUS SOMMES QUITTES.
EH BIEN, TU NOUS A MIS DANS DE BEAUX DRAPS ! QUE FAIRE MAINTENANT ?
COMMENCER PAR ACHETER UN SOMNIFÈRE POUR LE SOIR... ET PUIS ENSUITE CHERCHER CE MONSTRE, CAR IL Y EN A TOUT DE MÊME UN !
ROMOREAU

OUAIS !...
MOI, JE PROPOSE QUE TROMPETTE SOIT LE GARDE DU CORPS DU MAÎTRE LORS DE SES PROMENADES... APRÈS TOUT, TU LUI DOIS BIEN ÇA !
QUOI !
TU PRÉFÈRES QU'ON LUI RACONTE TOUT ?
DU CHANTAGE !... C'EST DU JOLI !
C'EST JEUDI DEMAIN, LA PETITE IRIS NE VA PAS À L'ÉCOLE... J'AURAIS PRÉFÉRÉ JOUER AVEC ELLE.
J'AI UNE GROSSE TÊTE PLEINE D'IDÉES... CELA M'ÉTONNERAIT QUE JE NE TROUVE PAS DE SOLUTION...
QU'EST-CE QUE C'EST QUE ÇA... UNE STATION SPATIALE ?
CE NE PEUT ÊTRE QU'UN PIGEONNIER OU UNE CABANE DE PÂTRE...
GRIMPER DANS UN COCOTIER POUR GARDER LES VACHES... DRÔLE D'IDÉE !
MAIS EN DORMANT LÀ-DEDANS ON NE RISQUE PAS DE TOMBER NEZ À NEZ AVEC LE MONSTRE...
MAIS LA VOILÀ MA SOLUTION !... FAIRE GRIMPER HEINZ TRÜMAN LÀ-HAUT... IL SERA EN SÉCURITÉ ET IL POURRA JOUER LES MIREILLE MATHIEU TOUT À LOISIR !...
...EN SOMME TOUT S'ARRANGE ET LA VIE EST BELLE !
TROMPETTE A UN PETIT SOURIRE INQUIÉTANT... QUE PEUT-IL ENCORE MIJOTER ?
R. MOREAU

BOF! APRÈS UN BON SOMMEIL, IL PENSERA À AUTRE CHOSE!
ET APRÈS UNE NUIT AGITÉE...
EINS SWEI DREI GEBEN SIE MIR EINEN CAMEMBERT, GUT DURCH BOUM...BOUM
...NOTRE PETIT AMI SE VOIT CONFIER LE MAÎTRE POUR LA PROMENADE MATINALE.
ALLEZ AVANCE, TRAÎNARD!
C'EST ÇA LE GARDIEN ROBUSTE ET VIGILANT?.. RÉVEILLE-TOI!
OH!
JE M'EN VAIS LE METTRE EN SÉCURITÉ, MOI!
COMME PAR HASARD, LES PROMENEURS SE RETROUVENT AU PIED DE LA MYSTÉRIEUSE CABANE.
CURIEUSE BÂTISSE!
SOUDAIN, TROMPETTE S'ENFUIT EN HURLANT...
OOOOO
... PUIS ...
LE CRI DU MONSTRE!...
MIAOOO
TERRIFIÉ, LE MUSICIEN VA SE RÉFUGIER DANS LA CABANE.
IL A FUI EN FLAIRANT LE MONSTRE!
MAINTENANT CASSONS L'ÉCHELLE EN FAISANT SEMBLANT DE VOULOIR ME RÉFUGIER LÀ-HAUT!
ET VOILÀ LE TRAVAIL!... JE T'EN DONNERAI, MOI, DES COUPS DE PIED!..
R. MOREAU

ME VOILÀ LIBRE ! ALLONS REJOINDRE IRIS !
HURLE TOUJOURS, MON BONHOMME TU FERAS PEUR AU MONSTRE !
OUAHH !
OOOH !
PEU APRÈS...
OH ! TROMPETTE !
IRIS !... ÇA TOMBE BIEN JE TE CHERCHAIS POUR JOUER.
MOI AUSSI, JE TE CHERCHAIS !
CES CRIS QUE L'ON ENTEND DEPUIS UNE HEURE, DANS LA MONTAGNE.... J'AI PEUR.
MAIS AU FAIT !.. TU NE DEVAIS PAS ÊTRE AVEC HEINZ TRÜMAN, CE MATIN ?
SI, MAIS JE L'AI MIS EN SÛRETÉ POUR JOUER AVEC TOI.
LES CRIS DU COMPOSITEUR ONT ÉTÉ ENTENDUS PAR LES CHASSEURS.
AVEC L'ÉCHO DANS CES MONTAGNES C'EST VRAIMENT DIFFICILE DE SAVOIR D'OÙ ÇA VIENT...
CELA SEMBLE VENIR DE CE COIN LÀ-BAS !
SUIVONS-LES, ILS CONNAISSENT LA RÉGION ET CELA M'ÉTONNERAIT QU'ILS SE TROMPENT.
EFFECTIVEMENT, PEU APRÈS...
J'AVAIS RAISON... REGARDEZ !
À MOI
OHEEE
COMMENT NE PAS RECONNAÎTRE CETTE VOIX APRÈS L'AVOIR ENTENDUE TOUTES CES NUITS ?
TROMPETTE DEVRAIT ÊTRE AVEC LUI... OÙ EST-IL ?
ROMOREAU
COLLER CE DRÔLE D'OISEAU DANS UN PIGEONNIER... C'EST UNE LOGIQUE DIGNE DE TROMPETTE !

C'EST BIEN MON AVIS... MAIS OÙ PEUT-IL ÊTRE ?
CHERCHE IRIS ET TU TROUVERAS TROMPETTE !
OUF ! ENFIN VOUS ! JE DÉSESPÉRAIS DE VOUS VOIR... QU'EST-IL ADVENU DU PETIT ÉLÉPHANT ?...
IL S'EST RUÉ SUR LA BÊTE POUR ME LAISSER LE TEMPS DE MONTER DANS CET ABRI... ET LORSQU'IL A VOULU S'Y RÉFUGIER, L'ÉCHELLE A CASSÉ !
COMPRENDS PLUS RIEN, MOI !
PEU APRÈS...
EUX !... J'AI L'IMPRESSION QUE CELA VA CHAUFFER POUR MES OREILLES. VAUT PEUT-ÊTRE MIEUX ME "CONSTITUER PRISONNIER"... CELA ATTÉNUERA SANS DOUTE LA RÉPRIMANDE...
LUI, LE HÉROS ! VIENS QUE JE TE FASSE LA BISE !
IL ME CHERCHAIT POUR JOUER AVEC LUI.
ET IL A FAIT CROIRE À LA PETITE QU'IL LA CHERCHAIT POUR JOUER, POUR NE PAS L'INQUIÉTER, LE BRAVE PETIT.
BEN MOI, JE DONNE MA LANGUE AU CHAT !
EH BIEN, SI JE M'ATTENDAIS À ÇA !... FICHTRE... ÇA A L'AIR TROP BEAU !
JE NE VEUX PLUS QU'IL ME QUITTE... JE LE GARDE JOUR ET NUIT AVEC MOI... QUAND JE PENSE QUE J'AI OSÉ LE BATTRE...
...JE VAIS DÉSORMAIS RÉSIDER DANS CET ABRI IMPRENABLE. JE VAIS Y FAIRE MONTER MA GUITARE, MON TAMBOUR ET MON PIANO SUR-LE-CHAMP !...
C'EST PAS VRAI ÇA !
R. MOREAU

HUM !
MAINTENANT QUE NOUS SOMMES SEULS... RACONTE-NOUS TOUT EN DÉTAIL...
VOUS... VOUS LE VOULEZ VRAIMENT ?
TROMPETTE AVOUE SA SUPERCHERIE POUR SE DÉBARRASSER DU MUSICIEN.
ET VOUS TROUVEZ ÇA DRÔLE !...
AH! AH! AH! AH! AH!
CETTE HISTOIRE A UN CÔTÉ MORAL... AVOUE QUE TU MÉRITAIS UNE LEÇON !...
JE VEUX BIEN LE RECONNAÎTRE MAIS... PAS DE LEÇON DE MUSIQUE, CAR DE CE CÔTÉ-LÀ... JE VAIS ÊTRE GÂTÉ...
PEU APRÈS, LE MAESTRO EMMÉNAGE DANS SON PIGEONNIER.
JE NE PEUX RIEN FAIRE DEVANT TOUS CES GENS... MAIS APRÈS C'EST MOI QUI IRAI LUI FAIRE LA SÉRÉNADE.
ET SURTOUT SOIS SAGE.
TU AS FAIT UNE BÊTISE... IL FAUT SAVOIR EXPIER.
LE MOT EST BIEN FAIBLE !
ÇA ME FAIT DE LA PEINE POUR LUI... C'EST VRAIMENT UNE PUNITION QUE DE RESTER AVEC CET ÉNERGUMÈNE.
IL AVAIT BESOIN D'UNE PETITE LEÇON.
R. MOREAU

UNE PETITE LEÇON, D'ACCORD ! ... MAIS ÇA...
ET LE SOIR...
ZIM ZIM ICH MÖCHTE EINE HOLZPFEIFE BOUM BOUM
PAUVRE TROMPETTE, TU ENTENDS ÇA ?
J'EN AI LES LARMES Z'AUX YEUX !
RAUCHEN SIE ? RAUCHEN SIE ? BOUM BOUM
EH BIEN MOI, JE TROUVE QUE LA PLAISANTERIE A ASSEZ DURÉ... J'Y VAIS !
MAIS, SOUDAIN, LA MUSIQUE FAIT PLACE À UN FRACAS DE PLANCHES ET À DES CRIS.
CRAAK CRAK OOOH !
TROMPETTE !
IL FAUT Y ALLER TOUT DE SUITE !
QU'A-T-IL PU LEUR ARRIVER ?
OH ! OH !
IL N'A PAS DÛ TAPER ASSEZ FORT SUR SON PIANO !..
ÇA VA... VOUS ÊTES CONTENTS... JE L'AI PASSÉ LE MUR DU SON !
IL S'EST MIS À DANSER JUSTE AU MOMENT OÙ JE TENAIS LA CHUTE DE MON CONCERTO !
R. MOREAU

OTTO KUIZEUR, LE BOURGMESTRE A ORGANISÉ UNE FÊTE TYROLIENNE EN MON HONNEUR POUR DEMAIN ET JE VOULAIS LE LUI JOUER !... ENFIN...
OUF !
NOS AMIS HABILLÉS EN TYROLIENS, COMME IL SE DOIT, VIENNENT PARTICIPER AUX RÉJOUISSANCES.
SSTAND
LOTT
BOUM-BO
C'EST TRÈS RÉUSSI... IL Y A BEAUCOUP D'ATTRACTIONS, TROMPETTE.
IL NE FAIT ATTENTION À RIEN... IL A SURTOUT ENVIE DE RETROUVER SA PETITE AMIE.
OÙ EST IRIS ?
HE, TROMPETTE... REGARDE QUI ARRIVE PAR ICI !
ELLE ! COMME ELLE EST JOLIE !
SI NOUS LAISSIONS CES PETITS S'AMUSER ENTRE EUX. NOUS AURIONS LE TEMPS DE BOIRE UNE BONNE CHOPE DE BIÈRE ! !
TU NOUS REJOINDRAS À L'AUBERGE !
AVEC PLAISIR.
VIENS, JE VAIS TE FAIRE VOIR QUELQUE CHOSE DE FORMIDABLE. UN VRAI OURS DE LA FORÊT NOIRE.
MAZETTE ! IL EST ÉNORME... UN VRAI MONSTRE !
ET MAINTENANT UNE GROSSE SURPRISE... VIENS !
LOTT
R. MOREAU

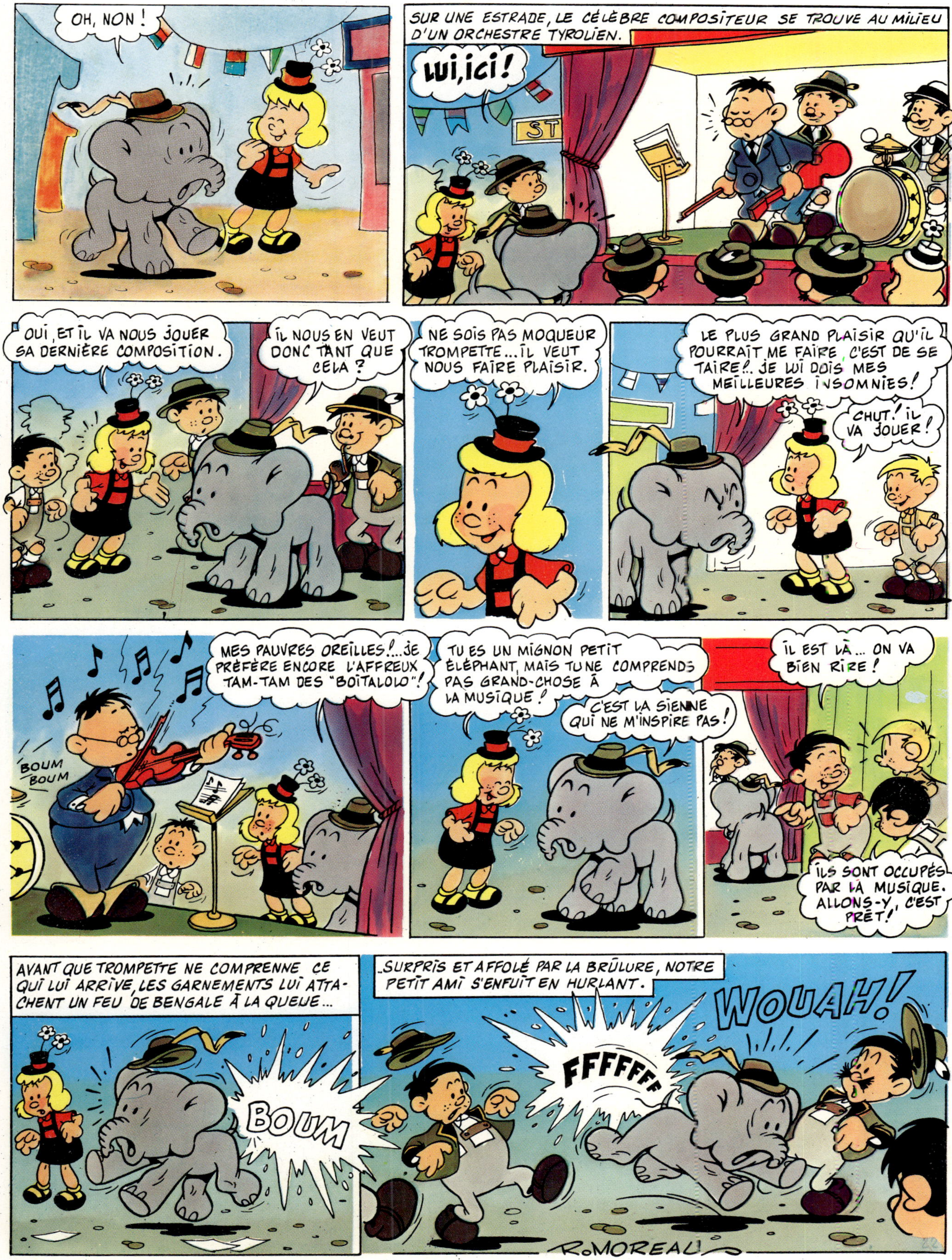

OH, NON !
SUR UNE ESTRADE, LE CÉLÈBRE COMPOSITEUR SE TROUVE AU MILIEU D'UN ORCHESTRE TYROLIEN.
LUI, ICI !
OUI, ET IL VA NOUS JOUER SA DERNIÈRE COMPOSITION.
IL NOUS EN VEUT DONC TANT QUE CELA ?
NE SOIS PAS MOQUEUR TROMPETTE... IL VEUT NOUS FAIRE PLAISIR.
LE PLUS GRAND PLAISIR QU'IL POURRAIT ME FAIRE, C'EST DE SE TAIRE !.. JE LUI DOIS MES MEILLEURES INSOMNIES !
CHUT ! IL VA JOUER !
MES PAUVRES OREILLES !... JE PRÉFÈRE ENCORE L'AFFREUX TAM-TAM DES "BOITALOLO" !
BOUM BOUM
TU ES UN MIGNON PETIT ÉLÉPHANT, MAIS TU NE COMPRENDS PAS GRAND-CHOSE À LA MUSIQUE !
C'EST LA SIENNE QUI NE M'INSPIRE PAS !
IL EST LÀ... ON VA BIEN RIRE !
ILS SONT OCCUPÉS PAR LA MUSIQUE. ALLONS-Y, C'EST PRÊT !
AVANT QUE TROMPETTE NE COMPRENNE CE QUI LUI ARRIVE, LES GARNEMENTS LUI ATTACHENT UN FEU DE BENGALE À LA QUEUE...
BOUM
SURPRIS ET AFFOLÉ PAR LA BRÛLURE, NOTRE PETIT AMI S'ENFUIT EN HURLANT.
WOUAH !
FFFFFFF
R. MOREAU

WOUAH!
OOUH!
LE CONCERT D'HEINZ TRÜMAN SE TROUVE BRUSQUEMENT INTERROMPU PAR L'INCIDENT.
ME FAIRE ÇA À MOI !... JAMAIS JE NE LE LUI PARDONNERAI !
CETTE FOIS, C'EST DÉFINITIF ! JE QUITTE CE FICHU PAYS !
C'EST LA CATASTROPHE !
TU L'AS DIT BOUFFY !
ÉTOUFFONS L'AFFAIRE AVEC DE LA MUSIQUE. ON ENCHAÎNE AVEC LE BALLET TYROLIEN... VITE !
YA !
PENDANT CE TEMPS, DANS UN COIN, DERRIÈRE UNE PALISSADE, NOTRE PETIT AMI ESSAYE DE REPRENDRE SES ESPRITS...
...MAIS, C'EST ENCORE SOUS LE COUP DE L'AFFOLEMENT QU'IL ENTEND LES PREMIERS ACCENTS DE LA MUSIQUE DU BALLET.
TROULAÏTOU LOÏLOÏLO
LE CRI DU MONSTRE !... IL EST LÀ !... ET IRIS QUI EST TOUTE SEULE... FAISONS-VITE !!?
LE MONSTRE EST ICI ! IRIS, OÙ ES-TU ?
LE MONSTRE ICI !
RENTRONS CHEZ NOUS
LA PERTURBATION LANCÉE PAR TROMPETTE SE TRANSFORME EN PANIQUE...
LOTERIE
LE MONSTRE ARRIVE !
LE MONSTRE EST ICI... FUYONS !
R. MOREAU

STAND
HEINZ TRÜMAN SE RETROUVE SEUL SUR LA PLACE.
BEN ! OÙ SONT-ILS PARTIS ?
BOUM
STAND
LOTERIE
ILS ONT SANS DOUTE PENSÉ QUE SANS MOI, LA FÊTE ÉTAIT SANS INTÉRÊT. ILS SONT RENTRÉS CHEZ EUX... JE VAIS FAIRE AUGMENTER MES CACHETS, MOI !
LUI !.. TOUT SEUL AVEC LE MONSTRE QUI RÔDE ICI... IL VA SE FAIRE DÉVORER TOUT CRU !
LOTERIE
HEP !... MONSIEUR ! LE MONSTRE EST ICI !
QUOI ! ENCORE LUI !
BOUM
IL EN A FAIT SUFFISAMMENT POUR AUJOURD'HUI... FILONS JE NE VEUX PLUS LE VOIR CACHONS-NOUS !
GRRR
OH !
OH !
IL S'EST RÉFUGIÉ DANS LA CABANE DE L'OURS DE LA FORÊT NOIRE.
VA LUI ARRIVER DES BRICOLES !
OOOH
WOUAH !
À MOI, LES CHASSEURS !
ILS VONT TOUS SE RUER SUR CET OURS ! MAINTENANT !
FAUT PAS LES LAISSER FAIRE !
R. MOREAU

LE M...M... MON...
LE MON... MONSTRE EST ICI !
JE SAVAIS BIEN QU'IL REVIENDRAIT !
MAIS DANS QUEL ÉTAT !
D'APRÈS LE COUP DE GRIFFE IL DOIT AVOIR DES PATTES ÉNORMES !
À QUOI IL RESSEMBLE ?
C'EST GROS... C'EST PLEIN DE POILS ET ÇA GROGNE !
ET EN PLEIN VILLAGE !
IL NE SAURAIT ÊTRE LOIN. ALLONS-Y TOUT DE SUITE. NOUS LE TENONS !
MAIS MA FILLE OÙ EST-ELLE ?
OH ! AVEC TROMPETTE ELLE NE RISQUE RIEN !
PENDANT CE TEMPS...
IL EST PASSÉ PAR ICI... IL FAUT LE RETROUVER SINON ILS VONT LUI TIRER DESSUS.
NOUS DEVRIONS RENTRER. J'AI PEUR.
LA PISTE EST FRAICHE NOUS LE RETROUVERONS SANS PEINE !
GRRR
ROMOREAU
GRRR

GRRR
OH!
TROMPETTE ! J'AI PEUR.
GRRR
RESTE DERRIÈRE MOI, IRIS !
COMME À SON HABITUDE, TROMPETTE FONCE BRAVEMENT, TÊTE EN AVANT.
LE CHOC EST TERRIBLE.
BANG
PLUTÔT CORIACE LE FRÈRE !
UN VRAI TANK !
DING
DING
DONG
JE VOUDRAIS QUE TU SACHES QUE NOUS NE TE VOULONS PAS DE MAL !
C'EST BIEN MA CHANCE... SINON QUE M'AURAIT-IL FAIT ?
APRÈS CE QUE TU AS FAIT AU MUSICIEN, ON TE SOUPÇONNE D'ÊTRE LA BÊTE MYSTÉRIEUSE QUI RÔDE DANS LA RÉGION... LES CHASSEURS DU VILLAGE SONT À TES TROUSSES POUR T'ABATTRE.
BEN VRAI !
JE SUIS UN OURS BIEN TRANQUILLE QUI PASSE SA VIE À DANSER POUR LES PETITS ENFANTS !...
SOUDAIN...
LES CHASSEURS ARRIVENT. MON DIEU, QUE FAIRE ?
ROMOREAU

IL FAUT SAUVER NOTRE AMI !... JE VAIS L'AIDER À BROUILLER LES PISTES. TOI, IRIS, TU NE RISQUES RIEN, RESTE ICI ET RETARDE-LES LE PLUS POSSIBLE. PRENDS MES AMIS À PART ET RACONTE LEUR TOUT. EUX, ILS COMPRENDRONT.
D'ACCORD, FILEZ !
IRIS A RÉUSSI À LES DÉTOURNER. NOUS VOICI TRANQUILLES POUR UN BOUT DE TEMPS.
QU'ALLONS-NOUS FAIRE MAINTENANT ?
MAIS PUISQUE TU ES LIBRE, POURQUOI NE PAS EN PROFITER POUR RETOURNER VIVRE DANS TA FORÊT NOIRE ? TU DOIS Y AVOIR DE LA FAMILLE...
LA FORÊT NOIRE... CONNAIS PAS. ON M'A CAPTURÉ DANS CES MONTAGNES QUE TU VOIS LÀ-BAS.
CELA ME FAIT PLAISIR DE RETROUVER CE VIEUX FARCEUR DE POILRUD, MON COUSIN...
ALORS GRIMPONS LÀ-HAUT. POURVU QUE NOUS NE TOMBIONS PAS SUR LE MONSTRE.
S'IL CONNAÎT TON COUP DE TÊTE, IL FERA TOUT POUR NE PAS TE RENCONTRER.
L'OURS SEMBLE SOUDAIN TOUT ÉMU...
QU'AS-TU ?
JE RECONNAIS CE SENTIER, C'EST PAR ICI QUE JE VENAIS JOUER LORSQUE J'ÉTAIS PETIT. CET ARBRE, C'EST MOI QUI L'AI CASSÉ !
TOUT À COUP.
GONG
OH !
ÇA, C'EST LA FAÇON DE SALUER DE POILRUD. IL NE DOIT PAS ÊTRE LOIN
SALUT VIEUX FRÈRE ! T'EN A MIS DU TEMPS À FAIRE LES COURSES.
R. MOREAU

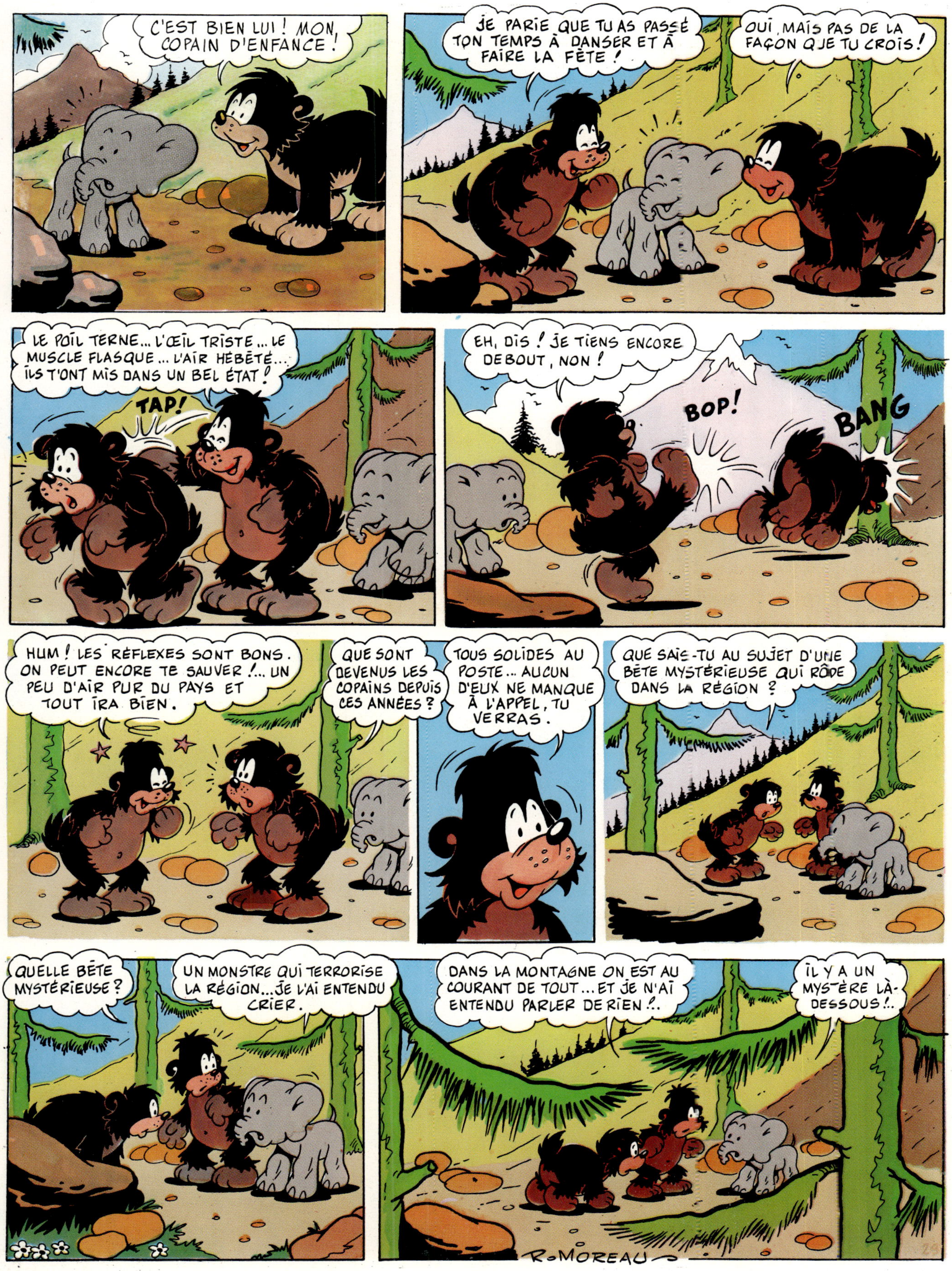
C'EST BIEN LUI ! MON COPAIN D'ENFANCE !
JE PARIE QUE TU AS PASSÉ TON TEMPS À DANSER ET À FAIRE LA FÊTE !
OUI, MAIS PAS DE LA FAÇON QUE TU CROIS !
LE POIL TERNE... L'ŒIL TRISTE... LE MUSCLE FLASQUE... L'AIR HÉBÉTÉ... ILS T'ONT MIS DANS UN BEL ÉTAT !
TAP!
EH, DIS ! JE TIENS ENCORE DEBOUT, NON !
BOP!
BANG
HUM ! LES RÉFLEXES SONT BONS. ON PEUT ENCORE TE SAUVER !... UN PEU D'AIR PUR DU PAYS ET TOUT IRA BIEN.
QUE SONT DEVENUS LES COPAINS DEPUIS CES ANNÉES ?
TOUS SOLIDES AU POSTE... AUCUN D'EUX NE MANQUE À L'APPEL, TU VERRAS.
QUE SAIS-TU AU SUJET D'UNE BÊTE MYSTÉRIEUSE QUI RÔDE DANS LA RÉGION ?
QUELLE BÊTE MYSTÉRIEUSE ?
UN MONSTRE QUI TERRORISE LA RÉGION... JE L'AI ENTENDU CRIER.
DANS LA MONTAGNE ON EST AU COURANT DE TOUT... ET JE N'AI ENTENDU PARLER DE RIEN !..
IL Y A UN MYSTÈRE LÀ-DESSOUS !..
R. MOREAU

JE N'AI QUAND MÊME PAS RÊVÉ ! JE L'AI ENTENDU CRIER !
AVANT D'ALLER LÀ-HAUT VOIR LA FAMILLE, QUE DIRIEZ-VOUS D'UN PETIT CASSE-CROÛTE ? J'AI REPÉRÉ UN ESSAIM COMME ÇA !
TU VAS VOIR, IL N'A PAS SON PAREIL POUR CHASSER LES ABEILLES...
LE CRI DU MONSTRE !... C'EST DONC ÇA UNE "TYROLIENNE"
SA TYROLIENNE EST RÉPUTÉE DANS LA RÉGION.
TROULALAÏTOU
LOÏLOÏLOÏLO
ET ÇA SUFFIT POUR CHASSER LES ABEILLES ?
NON, MAIS, IL A BIEN SOIN DE MANGER UNE GOUSSE D'AIL AVANT
FAMEUX CE MIEL ! JE N'AI JAMAIS RIEN MANGÉ D'AUSSI BON !
MAINTENANT, IL ME FAUT PARTIR. JE DOIS TOUT EXPLIQUER À MES AMIS ET PUIS, ILS DOIVENT SE TOURMENTER POUR MOI !
DÉJÀ ?
REVIENS NOUS VOIR AVANT DE REPARTIR !
PROMIS ! J'AMÈNERAI MÊME MES AMIS.
NOUS Y VOICI... MES AMIS VONT ME COMPRENDRE, MAIS LES AUTRES ?... ET SURTOUT CET AFFREUX HEINZ TRÜMAN !
R. MOREAU

POUR NE PAS ÊTRE VU, NOTRE AMI A ATTENDU LA NUIT POUR RENTRER.
IL FAUT TROUVER UNE EXPLICATION LOGIQUE POUR L'ESCAPADE DE TROMPETTE ET POUR FAIRE SAVOIR QU'IL N'Y A PAS DE MONSTRE !
J'AI TROUVÉ. NE VOUS INQUIÉTEZ PAS !
LE LENDEMAIN D'ÉTRANGES RUMEURS CIRCULENT DANS LE VILLAGE.
TROMPETTE EST REVENU CETTE NUIT COUVERT DE BLESSURES. IL S'EST BATTU AVEC LE MONSTRE ET L'A TUÉ.
C'EST UN HÉROS !
NOUS POURRONS ENFIN LAISSER NOS ENFANTS SE PROMENER EN SÉCURITÉ... BRAVE TROMPETTE.
CE QUI GÂCHE TOUT, C'EST QUE LE MUSICIEN VA SE REMETTRE À COMPOSER.
CHAQUE MÉDAILLE A SON REVERS.
PENDANT CE TEMPS...
ET VOILÀ LE HÉROS PRÊT POUR LA PRÉSENTATION À LA FOULE.
QUELLE HORREUR !
SI LES GENS S'APERÇOIVENT DE CETTE COMÉDIE, ÇA TOURNERA AU VINAIGRE POUR NOUS.
MAIS PUISQUE NOUS N'AVONS PLUS RIEN À FAIRE ICI... NOUS POUVONS ALLER EN GRÈCE POUR NOS VACANCES !
MAIS, J'Y PENSE !... SI CES GENS VEULENT VOIR LA DÉPOUILLE DU MONSTRE !
JE N'AVAIS PAS PENSÉ À ÇA. NOTRE HISTOIRE EST DANS LE LAC !
DANS LE LAC ! DANS LE LAC !... MAIS, C'EST LÀ QUE J'AI JETÉ CE MONSTRE !
FORMIDABLE !... LA VOILÀ L'EXPLICATION... CE TROMPETTE A RÉPONSE À TOUT !
PEU APRÈS...
VIVE LUI !
VIVE TROMPETTE !
JE LUI TROUVE UN DRÔLE D'AIR À HEINZ TRUMAN... IL N'A PAS L'AIR DE MARCHER LUI !...
ROMOREAU

IL NOUS SUIT ! IL DOIT SE DOUTER DE QUELQUE CHOSE...
J'AI L'IMPRESSION QUE CE MUSICIEN DE MALHEUR EN SAIT LONG SUR TOUTE CETTE HISTOIRE...
COMMENT POURRAIT-IL SAVOIR ?... LAISSE TOMBER.
EN TOUT CAS IL NOUS SUIT L'ŒIL AMUSÉ...
S'IL NOUS SUIT, ATTIRONS-LE DANS LA CAMPAGNE... SI UNE EXPLICATION DOIT AVOIR LIEU J'AIME AUTANT NE PAS AVOIR À LA DONNER DEVANT LES GENS DU VILLAGE.
PEU APRÈS...
TOUJOURS LÀ ! JE CROIS QUE NOUS N'Y COUPONS PAS.
HUM ! BEAU TEMPS N'EST-CE PAS ?
OH, OUI !... ET SI TROMPETTE A TROP CHAUD, POURQUOI GARDE-T-IL TOUTES CES BANDELETTES ?
MAIS...
POURQUOI TOUTES CES HISTOIRES ?... LA VÉRITÉ EST TELLEMENT PLUS JOLIE !
CO... COMMENT SAVEZ-VOUS ?
JE SAVAIS BIEN QUE TROMPETTE REVIENDRAIT. JE L'AI GUETTÉ ET DERRIÈRE VOTRE PORTE, CETTE NUIT, J'AI TOUT ENTENDU.
C'ÉTAIT DONC LUI QUI NOUS ÉPIAIT CETTE NUIT.
ROMOREAU
ET JE SUPPOSE QU'EN TANT QUE MUSICIEN, VOUS ALLEZ EN PROFITER POUR NOUS FAIRE CHANTER !
TRÈS DRÔLE MAIS, JE......
TROMPETTE !
OH !
BONG
NON MAIS...

RETENEZ-LE!
CALME-TOI!
MAINTENANT DITES-NOUS OÙ VOUS VOULEZ EN VENIR!
...JE VENAIS FÉLICITER TROMPETTE POUR SON COURAGE...
ÇA ALORS!
...VOIR UN PETIT ANIMAL PRENDRE DE TELS RISQUES POUR AIDER UN INNOCENT M'A BOULEVERSÉ... DE NOS JOURS, PEU D'HUMAINS EN SONT CAPABLES.
C'EST COMME ÇA, LES ÊTRES QUE L'ON APPELLE DES BÊTES!
DANS LA JUNGLE, C'EST CHOSE COURANTE... MÊME CHEZ LES FAUVES LES PLUS TERRIBLES...
BEN, VRAI!
...EN RÉALITÉ, CE SONT LES HOMMES QUI SONT LES FAUVES...ILS NE PENSENT QU'À TUER... À PILLER LES FORÊTS..À ÉCUMER LES MERS...
...À MASSACRER LA MUSIQUE
TROMPETTE, TU ES EN TRAIN DE TOUT GÂCHER.
IL NE GÂCHE RIEN, J'ABANDONNE LA MUSIQUE.
ROMOREAU
J'AIMERAIS QUE VOUS M'EMMENIEZ AVEC VOUS EN AFRIQUE.
ON VA SE LE TRIMBALER JUSQU'EN AFRIQUE.. C'EST BIEN NOTRE CHANCE!
J'AI ENVIE DE CONNAÎTRE LES ANIMAUX.
POURQUOI PAS?

MAIS SOUDAIN...
BONG
OUCH
OH, POILRUD ! IL NE MANQUAIT PLUS QUE ÇA !
SALUT !
LORSQU'IL REVIENDRA À LUI, ÇA NE VA SÛREMENT PAS ALLER TOUT SEUL !
PEU APRÈS...
OUILLE, MON CRÂNE...
C'EST MAINTENANT QUE L'ON VA RIGOLER.
À LA STUPÉFACTION GÉNÉRALE, LE MUSICIEN S'ÉLOIGNE SANS UN MOT.
ÇA ALORS !
PAS SOCIABLE, VOTRE AMI...
IL VAUT MIEUX LE LAISSER SEUL...
...ELLE FAISAIT À PEINE CINQ KILOS !
HE, REGARDEZ !
QUEL SPECTACLE MERVEILLEUX QUE CETTE PETITE FAMILLE UNIE ET PAISIBLE.
C'EST DOMMAGE QUE HEINZ TRÜMAN NE PUISSE ASSISTER À ÇA !
MAIS, SOUDAIN.
BONG
ROMOREAU

DÉCIDÉMENT...
OH! C'ÉTAIT JUSTE POUR LUI RENDRE LA POLITESSE ET LUI DIRE AU REVOIR, AINSI NOUS SOMMES QUITTES!
IL A L'AIR SOULAGÉ MAINTENANT MAIS POURQUOI PART-IL?...
HÉ, LÀ!
MAIS, MOI AUSSI JE VOULAIS LUI DIRE UN PETIT AU REVOIR.
PAS LE MOMENT!
IL FAUT LUI LAISSER PASSER SA COLÈRE. IL REVIENDRA, JE LE SENS.
IL EST ORGUEILLEUX MAIS ÇA LUI PASSERA. QUELQUE CHOSE S'EST PASSÉ EN LUI... SA SENSIBILITÉ D'ARTISTE FERA LE RESTE.
RENTRONS MAINTENANT, NOUS ALLONS L'AIDER À SE REMETTRE...
...ET LUI EXPLIQUER QUE POUR COMPRENDRE LES ANIMAUX IL FAUT SAVOIR ACCEPTER LEURS HABITUDES...
SALUT!
BONG
...MÊME SI CELLES-CI SONT "ASSOMMANTES"!
BOF!
ROMOREAU

FICHTRE !... PAS L'AIR CONTENT !
HUM ! IL SERAIT PEUT-ÊTRE TEMPS DE PENSER À NOS VACANCES EN GRÈCE.
SONT MARRANTS CES HOMMES, MAIS COMME IL DIT... CELA PASSERA.
À L'AUBERGE, UNE SURPRISE LES ATTEND...
IL EST FOU !... COMPLÈTEMENT FOU !! IL VIENT DE S'ACHETER DES JUMELLES, UNE CAMÉRA, DEUX POIVRIÈRES ET SIX PASSOIRES.
DÉCIDÉMENT CES ARTISTES... ILS SONT TOUS FOUS !
LES JUMELLES... LA CAMÉRA... ÇA JE COMPRENDS, MAIS LES POIVRIÈRES ET LES PASSOIRES ?..
PEUT-ÊTRE POUR PASSER LE TEMPS !
MAIS, J'Y PENSE... ÇA Y EST, J'AI COMPRIS !
JE L'AI ASSEZ VU CE PAYS... NOUS N'AVONS PLUS RIEN À Y FAIRE. NOUS PARTONS. IL ME TARDE D'ÊTRE EN MER, EN CROISIÈRE DANS LES ÎLES GRECQUES.
AUBERGISTE, NOUS FAISONS NOS VALISES. PRÉPAREZ-NOUS LA NOTE !
IL A MANGÉ DU LION !
ALLEZ, VIENS TROMPETTE NOUS ALLONS ENFIN EN VACANCES... MAIS OÙ EST-IL ?
TROMPETTE ! TROMPETTE !
IL EST PARTI EN COURANT.
R. MOREAU

JE SUIS SÛR QU'IL EST PARTI DANS LA MONTAGNE À LA RECHERCHE DES OURS...
... J'AURAI VITE FAIT DE LE RATTRAPER... JE COURS PLUS VITE ET J'AI DU FLAIR...
MAIS SOUDAIN...
AT... AT...
...TCHOUM!!
SON POIVRE! IL A FAIT ÇA POUR BROUILLER LA PISTE... J'AVAIS RAISON. NOUS LE REJOINDRONS DONC PAR DES CHEMINS DÉTOURNÉS.
JE VAIS ME DÉBARRASSER DE CES AFFREUX PANSEMENTS... C'EST GÊNANT!
JE VAIS COUPER PAR CE SENTIER. C'EST DANGEREUX MAIS JE N'AI PAS LE CHOIX.
KLANG
?
HEUREUSEMENT J'AVAIS TOUT PRÉVU... SALUT!
SA... SALUT!
?
ROMOREAU

RIEN NE M'ÉTONNERA PLUS AVEC LUI !
C'EST TRÈS ASTUCIEUX SON TRUC... ET CELA A L'AIR DE PLAIRE... ALLONS-Y.
HI HI HI
OH OH OH
AH AH AH
EH, REGARDE QUI ARRIVE... PLUS ON EST D'OURS PLUS ON RIT.
HELLO !
PENDANT CE TEMPS..
TU CROIS QU'IL EST PASSÉ PAR LÀ ?
SÛR, REGARDE !
SES BANDES ! JE ME DEMANDE À QUOI IL JOUE !
AT... AT.. AT.. AT...
..TCHOUM !! ..TCHOUM !
DU POIVRE ! COMME SI C'ÉTAIT LE MOMENT DE FAIRE DES FARCES... MOI QUI LE CROYAIS IMPATIENT D'ALLER EN GRÈCE...
AT... AT..
MAIS LE POIVRE, C'EST LE MUSICIEN... TROMPETTE SERAIT DONC À SA RECHERCHE...
ROMOREAU
KLING KLANG KLUNG KLONG
QU'EST-CE QUE C'EST QUE CE TINTAMARRE ?
ALLONS VOIR.
OH ! OH !

MOI QUI CROYAIT AVOIR TOUT VU !...
ILS SONT TOUS FOUS !
KLANG!
KLONG
BANG
TROP PETIT CE CASQUE... LA PROCHAINE FOIS J'AMÈNE UNE LESSIVEUSE !
HE, ATTENDEZ QUE J'AIE REMIS MON CASQUE !
C'ÉTAIT DONC POUR ÇA QU'IL AVAIT ACHETÉ LES PASSOIRES !
POUR SYMPATHISER PLUS FACILEMENT AVEC LES OURS. PAS SI FOU QUE ÇA !...
...ON PEUT MÊME DIRE QU'IL CONNAÎT LA MUSIQUE !
HE ! ÇA A PRIS MON TRUC !
KLANG
SAVOIR S'IDENTIFIER AUX ANIMAUX POUR MIEUX LES COMPRENDRE. JE ME DEVAIS DE M'Y METTRE POUR CE QUE NOUS SOUHAITONS FAIRE...
QUE VEUT-IL DIRE PAR LÀ ?
?
...LE TOUT C'EST D'ÊTRE DANS LE COUP !
KLONG
R. MOREAU

IL VA SE PAYER UNE DE CES MIGRAINES !...
LE VOILÀ PROPREMENT K.O. MAINTENANT !
VOUS AVEZ FAIT DU JOLI !...
ON NE VOULAIT PAS ÇA, C'EST UN COUP DU SORT !
QU'A-T-IL VOULU DIRE EN PARLANT DE "CE QUE NOUS SOUHAITONS FAIRE" ?
?
TOUJOURS MOI QUI HÉRITE DES CORVÉES... UN RIEN LOURD POUR UN COMPOSITEUR DE MUSIQUE LÉGÈRE !
JE PENSE QUE LE PLUS SIMPLE EST D'ATTENDRE QU'IL AIT REPRIS SES ESPRITS POUR LE LUI DEMANDER.
CE PETIT TORRENT VA FAIRE MON AFFAIRE...
UN PEU D'EAU FRAÎCHE POUR LE REMETTRE SUR PIED, CAR IL COMMENCE À PESER...
ALLEZ OUSTE, RÉVEILLE-TOI !
OUAH !
OH !
SE RÉVEILLANT EN SURSAUT, HEINZ TRÜMAN FAIT PERDRE L'ÉQUILIBRE À TROMPETTE.
PLOUF
LE TORRENT PLUS PROFOND QUE PRÉVU ENTRAÎNE NOS AMIS.
À MOI
ROMOREAU

TROMPETTE !
LE COURANT LES ENTRAÎNE DE PLUS EN PLUS VITE !
ESSAYEZ D'ABORDER !
LE TORRENT S'ENGOUFFRANT ENTRE DEUX PAROIS ROCHEUSES NOS AMIS SONT CONTRAINTS DE S'ARRÊTER.
IL NOUS FAUT CONTOURNER CES ROCHERS... ON VA PERDRE UN TEMPS FOU !
TROMPETTE PARVIENT À S'ACCROCHER À UNE BRANCHE...
TIENS BON, NOUS ARRIVONS !
...TANDIS QUE LE MUSICIEN AVEUGLÉ PAR LA PASSOIRE NE PEUT RIEN FAIRE.
LE PAUVRE, IL EST PERDU !
DES BERGERS ! DIEU SOIT LOUÉ, ILS L'ONT APERÇU !
PEU APRÈS.
QUE FAIT-IL AVEC CETTE PASSOIRE SUR LA TÊTE ?
EH BIEN, TOMBER DANS CE TORRENT GLACÉ ET S'EN TIRER, ON PEUT DIRE QU'IL A EU CHAUD !
QUE VOUS EST-IL ARRIVÉ, MAÎTRE ?
ILS L'ONT SAUVÉ, MAIS S'IL LEUR RACONTE CE QU'IL FAISAIT, IL RISQUE DE PASSER POUR UN PETIT RIGOLO. IL FAUT Y ALLER ET VITE !
R. MOREAU

TROP TARD ! VOYEZ !
AVEC LES OURS, NOUS AVONS JOUÉ AU BALLON AVEC DES PIERRES ET J'AI REÇU UN COUP SUR LA TÊTE...
ÇA, JE VEUX BIEN LE CROIRE, L'AUBERGISTE AVAIT RAISON...IL EST COMPLÈTEMENT FOU !
FAUT SURTOUT PAS LE CONTRARIER. RAMENONS-LE AU VILLAGE.
...EN PRENANT LA DOUCHE, J'AI FAIT PERDRE L'ÉQUILIBRE À TROMPETTE ET JE SUIS TOMBÉ À L'EAU.
ÇA S'ARRANGE PAS.
IL EST BIEN TOUCHÉ LE FRÈRE.
PAUVRE TYPE !
QUELQUES INSTANTS PLUS TARD.
ILS SONT PARTIS !
ET TOI, AS-TU VU HEINZ TRÜMAN ?...
YA !
ILS L'ONT MENÉ AU VILLAGE LE PAUVRE... C'EST UN BIEN GRAND MALHEUR.
C'EST BIEN CE QUE JE CRAIGNAIS...IL LEUR A TOUT RACONTÉ ET ILS L'ONT PRIS POUR UN FOU !
PEU APRÈS À L'AUBERGE...
MAIS, JE VOUS ASSURE QU'IL N'A RACONTÉ QUE LA VÉRITÉ !
BEN, ALORS !...DES OURS SE METTRE UNE PASSOIRE SUR LA TÊTE POUR JOUER À LA BABALLE AVEC DES CAILLOUX !...JE VOUDRAIS BIEN LE VOIR....
ILS L'ONT CONDUIT À L'HÔPITAL !...QUE FAIRE POUR LES CONVAINCRE ?
MAIS, COMMENT N'Y AI-JE PAS PENSÉ PLUS TÔT ?
ROMOREAU

J'AI TROUVÉ !
MAIS HEINZ TRÜMAN A FILMÉ LA SCÈNE... ET NOUS AVONS SA CAMÉRA !...
MAIS, C'EST VRAI ÇA ! QUELLE CHANCE !!... DÉVELOPPONS LE FILM EN VITESSE !
QUELQUES HEURES PLUS TARD, APRÈS LA PROJECTION...
ALORS, VOUS ÊTES CONVAINCUS ?
HUM !
QUE FAIRE POUR RÉPARER NOTRE MÉPRISE ?
VOUS LE FAITES ENFERMER INJUSTEMENT ET VOUS OSEZ DEMANDER CE QUE VOUS DEVEZ FAIRE ?
LE SOIR MÊME...
DOUCHE FROIDE !.. REDOUCHE FROIDE... ENCORE ET TOUJOURS DES DOUCHES FROIDES !...
... ÇA LAISSE UN FROID, NON ?... JE SUIS DÉGOÛTÉ DES HUMAINS ET CELA ME POUSSE ENCORE PLUS À VOUS FAIRE PART D'UN GRAND PROJET QUI ME TIENT À CŒUR.
NOUS ALLONS ENFIN SAVOIR !
NOUS ASSOCIER POUR CRÉER UNE IMMENSE RÉSERVE EN AFRIQUE !... UN COIN OÙ LES ANIMAUX SERAIENT PROTÉGÉS DE LA BÊTISE DES HOMMES !
C'EST CERTES UN PROJET LOUABLE, MAIS IL FAUT DE GROS MOYENS.
MA MUSIQUE M'A DONNÉ CE DONT NOUS AVONS BESOIN. JE SUIS... HEU... NOUS SOMMES RICHES !
CELA A L'AIR TROP BEAU !
ROMOREAU

IRIS !... JE NE LA REVERRAI PLUS !
HUM... PENDANT QUE TU FAIS LES VALISES, JE VAIS ACHETER DU TABAC !
?
TROMPETTE A L'AIR BOULEVERSÉ !
JE VAIS REVOIR MON AFRIQUE !...
...RETROUVER CE GROGNON DE KROOUR... CETTE MIGNONE TATACHE ... CET ESPIÈGLE DE RIKIKI ET SA BANDE... CES BRIGANDS DE BOITALOLOS ... MES GRANDS ARBRES.. MES COCOTIERS... MA GRANDE FORÊT...
CELA ME PLAISAIT DE VOYAGER, MAIS DE SAVOIR QUE JE VAIS REVENIR CHEZ MOI...
ET DÉFINITIVEMENT TROMPETTE !
C'EST UN BEAU RÊVE QUE NOUS VOUS DEVONS, MONSIEUR HEINZ..
OH ! J'AI TOUJOURS EU ENVIE DE CONTRIBUER À QUELQUE CHOSE D'UTILE...
...L'ATTITUDE DE TROMPETTE POUR CET OURS M'A FAIT DÉCOUVRIR UN SENS À MA VIE ... LA PROTECTION DE LA NATURE. LES ANIMAUX SONT TELLEMENT MEILLEURS QUE NOUS.
AVEC VOTRE EXPÉRIENCE DE LA BROUSSE ET LES FONDS DONT JE DISPOSE, NOUS POUVONS CRÉER UNE GRANDE RÉSERVE... M'ACCEPTEZ-VOUS COMME ASSOCIÉ ?
AVEC LE PLUS GRAND PLAISIR, D'AUTANT PLUS QUE C'EST LA CONCRÉTISATION D'UN VIEUX RÊVE.
ALORS, PARTEZ TOUT DE SUITE POUR L'AFRIQUE, JE VOUS REJOINDRAI DÈS QUE J'AURAI LIQUIDÉ MES AFFAIRES.
JE CONNAIS UNE VASTE RÉGION QUI CONVIENT ON NE PEUT MIEUX.

# ROMOREAU

chez Albin Michel
Printemps 1983

*Les aventures des petites chipies*
*Les petites chipies n'en ratent pas une*
*Les nouveaux exploits des petites chipies*

Trompette en Inde
Trompette au Tyrol
Trompette chez les Incas

( À SUIVRE )

HÉ ! VENEZ DEHORS... UNE PETITE SURPRISE...
!
HUM !.. J'AI OUBLIÉ DE TE DIRE QUE J'AI ENGAGÉ KARL COMME ADJOINT...
LE TABAC N'ÉTAIT QU'UN PRÉTEXTE...
OUI TROMPETTE, JE PARS AVEC TOI !
ON A PENSÉ QUE VOUS AURIEZ BESOIN D'UN SOLIDE GARDIEN, D'UNE BONNE CUISINIÈRE ...QUANT À MA FILLE, ELLE NE RÊVE QUE D'AFRIQUE DEPUIS QU'ELLE CONNAÎT VOTRE TROMPETTE !
REGARDE CES DEUX-LÀ ! ILS ONT L'AIR FOUS DE JOIE !
LE LENDEMAIN, C'EST LE DÉPART.
AUF WIEDERSEHEN
AIR NEST
J'AI L'IMPRESSION DE COMMENCER UNE VRAIE AVENTURE !
TU VAS VOIR COMME TOUT EST BEAU LÀ-BAS !
A
AIR NEST
ROMOREAU